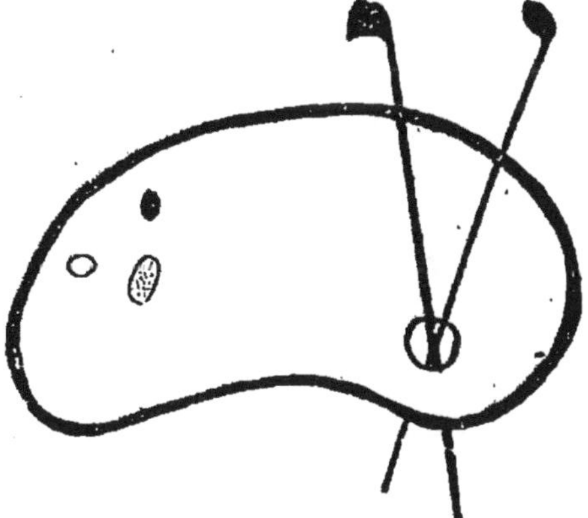

AF476512

Notes Me Delbergue Cormont
2 février 1858

CATALOGUE

D'UNE COLLECTION

DE

TABLEAUX

ANCIENS

Des Écoles Française, Hollandaise, Flamande, Allemande et Italienne

ET DE QUELQUES

TABLEAUX MODERNES

dont la vente aura lieu

HOTEL DES COMMISSAIRES-PRISEURS

RUE DROUOT, N° 5

SALLE N° 3,

Le Mardi 2 Février, à 2 heures précises.

Par le ministère de Me **DELBERGUE-CORMONT**, C^{re}-Priseur,
rue de Provence, 8,

Assisté de M. **DHIOS** fils, Appréciateur, rue Le Peletier, 33.

EXPOSITION PUBLIQUE

Le Lundi 1er Février 1858, de midi à cinq heures.

PARIS
RENOU ET MAULDE
IMPRIMEURS DE LA COMPAGNIE DES COMMISSAIRES-PRISEURS,
rue de Rivoli, 144.

1858

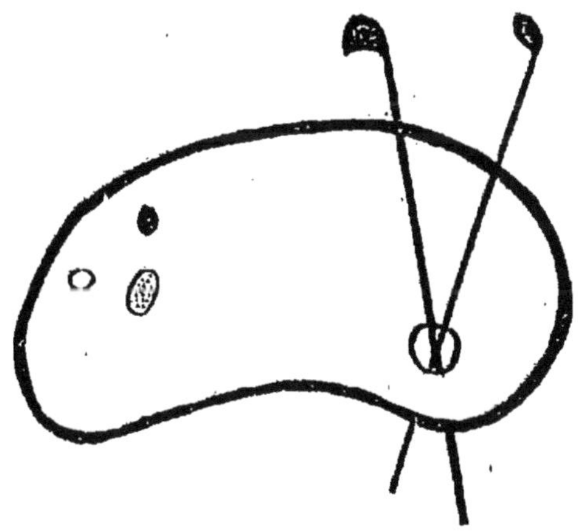

FIN D'UNE SERIE DE DOCUMENTS
EN COULEUR

CATALOGUE

D'UNE COLLECTION

DE

TABLEAUX

ANCIENS

Des Écoles Française, Hollandaise, Flamande, Allemande et Italienne

ET DE QUELQUES

TABLEAUX MODERNES

dont la vente aura lieu

HOTEL DES COMMISSAIRES-PRISEURS

RUE DROUOT, N° 5

SALLE N° 3,

Le Mardi 2 Février, à 2 heures précises.

Par le ministère de Me **DELBERGUE-CORMONT**, Cr-Priseur, rue de Provence, 8,

Assisté de M. **DHIOS** fils, Appréciateur, rue Le Peletier, 33.

EXPOSITION PUBLIQUE

Le Lundi 1er Février 1858, de midi à cinq heures.

1858

CONDITIONS DE LA VENTE.

Elle sera faite au comptant.

Les Acquéreurs paieront, en sus des adjudications, cinq centimes par franc applicables aux frais.

DÉSIGNATION

TABLEAUX ANCIENS

HEEMSKERK.

+ 1 — Le Médecin aux urines. 64.

PARMESAN.

+ 2 — La mise au tombeau. 151.

BAPTISTE.

+ 3 — Vase et Corbeille contenant des fleurs. 81.

ALBRIER.

+ 4 — Le Miroir. 132

WATTEAU (D'après).

+ 5 — Scène champêtre. 61.

DU MÊME.

+ 6 — Pendant du précédent. 60.

COYPEL (A.).

7 — Angélique et Médor.

LAGRENÉE.

8 — Vénus couchée.

DYCK (Van).

9 — Sainte Famille.

WATTEAU (D'après).

10 — Les Champs-Élisées.

LANCRET (D'après).

11 — Repos à la campagne.

SASSO-FERRATO.

12 — Sainte Vierge.

GREUZE (J.-B.).

13 — Portrait de Jean-Jacques Rousseau.

SNEYDERS.

14 — Animaux dans un paysage.

BOUCHER (F.).

15 — Bacchantes endormies.

PHILIPPE NAPOLITAIN.

16 — Choc de Cavaliers.

ÉCOLE BOLONAISE.

17 — Suzanne et les vieillards.

CHAMPAGNE (PHILIPPE DE).

18 — Portrait d'un Abbé.

GREUZE (Genre de).

19 — Jeune fille tenant une corbeille de fruits.

ÉCOLE ITALIENNE.

20 — Repos de la Sainte Famille.

TEMPESTA.

21 — Paysage et ruines d'architecture.

POUSSIN (École de).

22 — Paysage, site d'Italie.

REYNOLDS.

23 — Marine, clair de lune.

PAU DE SAINT-MARTIN.

24 — Paysage boisé orné de figures et animaux.

RUBENS (École de).

25 — Un Concert.

BOL (F.).

26 — Portrait d'Héraclite.

MEULEN (VANDER).

27 — Bataille. Au premier plan on voit Louis XIV à cheval, près de lui est un aide de camp qui reçoit ses ordres.

PADOUAN (École de TITIEN).

28 — Neuf portraits des douze Césars rentoilés de forme octogone.

RIGAUD.

29 — Portrait du grand Dauphin fils de Louis XIV.

OUDRY (J.-B.).

30 — Étude de Panthère.

LARGILIÈRE.

31 — Portrait du duc du Maine.

DU MÊME.

32 — Portrait de la duchesse du Maine.

BREUGHELS.

33 — Paysage, site montagneux. Sur le premier plan, saint François est en prière.

DEMAY.

34 — Paysage et figures. 24.

WETH (de).

35 — Sujet biblique. 29

HUGOT (H.).

36 — Enfant sur la porte d'un jardin. 18.

DU MÊME.

37 — Jeune fille dans un parc. 36.

DU MÊME.

38 — Fleurs. 15.

FRAGONARD (Honoré).

39 — Paysage, scène pastorale. 25.

HEEM (David de).

40 — Nature morte et fruits divers (jeune fille) 44.

BOILLY.

41 — Intérieur, une confidence. 68.

CHARDIN.

42 — Nature morte. 78.

TINTORET.

43 — Le frappement du rocher. 155.

PRUDHON (D'après).

44 — Le zéphir.

HUBERT ROBERT.

45 — Paysage avec monuments d'architecture.

OOGSTRATEN.

46 — Intérieur, jeune femme près du berceau de son enfant.

NATTIER.

47 — Portrait de Mme de Maintenon en costume de vestale.

DESPORTES.

48 — Fruits divers.

HEEM (de).

49 — Nature morte ; sur une table est posée une corbeille remplie de fruits, un plat de pâtisserie et divers objets.

JEAURAT.

50 — Jeune fille tenant son tablier rempli de cerises.

LOIR (Nicolas).

51 — Apparition de la sainte Vierge à un saint. Composition ovale entourée d'une guirlande de fleurs.

WATTEAU (Genre de).

52 — Conversation galante.

CHARDIN.

53 — Nature morte.

Mme LEBRUN.

54 — Portrait de jeune femme tenant une lettre.

GREUZE.

55 — Les marchands chassés du Temple. (Grisaille, esquisse.)

BOUCHER (F.).

56 — La marchande d'œufs.

TÉNIERS (David).

57 — Intérieur de tabagie.

SCHOEVAERTS.

58 — Paysage, près d'un château en ruines des villageois tiennent un marché.

TÉNIERS (David).

59 — Intérieur, la partie de dés.

FYT (genre de).

60 — Nature morte, gibiers et champignons.

DU MÊME.

61 — Gibiers et plantes grasses. (Pendant du précédent).

ÉCOLE HOLLANDAISE.

62 — Intérieur de prison.

MÊME ÉCOLE.

63 — Corps de garde. (Pendant du précédent).

MEER (JEAN VAN DER).

64 — Moutons dans un paysage.

MEULEN (VAN DER).

65 — Paysage animé par de jolies figures et animaux.

NATTIER.

66 — Zéphyrs tenant des fleurs.

MIÉRIS (GUILLAUME).

67 — Portrait d'une jeune dame de distinction, assise au bord d'une fontaine monumentale.

HOLBEIN (Jean).

68 — Portrait d'homme et de femme dans l'attitude de la prière..........

ORIZONTI.

69 — Paysage, la fuite en Égypte. ....

DU MÊME.

70 — Paysage, site italien.

FRANCK et VAN KESSEL.

71 — La Charité chrétienne.

Dans neuf médaillons entourés de guirlandes de fleurs, sont représentés les actes de bienfaisance de la Charité chrétienne, les sujets sont peints par Franck, les fleurs sont de Van Kessel.

(Cette riche composition est très-bien conservée.)

VAN VITELLI.

72 — Vue d'une ville d'Italie, au bord d'une rivière traversée par un pont, sur la rivière sont des gondoles animées par de jolies figures. ....

DU MÊME.

73 — Vue d'un aqueduc romain. (Pendant du précédent.)

WATTEAU (de Lille).

74 — Les réjouissances au camp.

FLINCK (Govert).

75 — Calvaire.

Jésus-Christ vient d'être descendu de la croix, les saintes femmes et des vieillards l'entourent, on voit encore les deux larrons morts sur les croix.

MAAS (Nicolas).

76 — Portrait d'homme et portrait de femme.

CRIVELLI (Jacques).

77 — Orphée charmant les animaux par les sons de sa lyre.

PATEL.

78 — Paysage, rivière traversée par un pont; sur le devant bergers gardant leur troupeau.

DU MÊME.

79 — Paysage et architecture. (Pendant du précédent).

RENI (Guido).

80 — Madeleine.

ÉCOLE ITALIENNE.

81 — Vase de fleurs.

MÊME ÉCOLE.

82 — Fleurs et oiseaux. (Pendant du précédent).

DESPORTES.

83 — Pêches et raisins.

BOUCHER.

84 — Pastorale.

HUET (Jean-Baptiste).

85 — Paysage, cour de ferme ornée de figures et d'animaux. Au-dessus, à gauche, on voit les ruines d'un château.

KAFF (Guillaume).

86 — Nature morte.

Sur une table couverte de riche vaisselle, on voit un jeune garçon qui convoite le contenu des plats.

FRÉRET (A.).

87 — Portrait de jeune femme. .... 30.

PINACKER.

88 — Paysage. .... 144.

89 — Plusieurs bordures dorées.

Renou et Maulde, imprimeurs de la Compagnie des Commissaires-Priseurs, rue de Rivoli, 144. 8021

Bonnets 3	Bonnets	x 5 x	
B. 1	Bonnet noire	x 6 x	50
B. 1	Bordure	x 14 x	50
B. 1	Bordure	x 6 x	
B. 1	Bordure italienne	x 5 x	
B 1	Bordure Ruffle	x 9 x	
chemises 2	[illegible]	x 1 x	
[illegible] 1	[illegible]	x 2 x	25
M. 2	[illegible]	x 10 x	50
— 3	Voiles	x [illegible] x	50
— 1	Voile	x 3 x	
— 2	Voiles	x 6 x	50

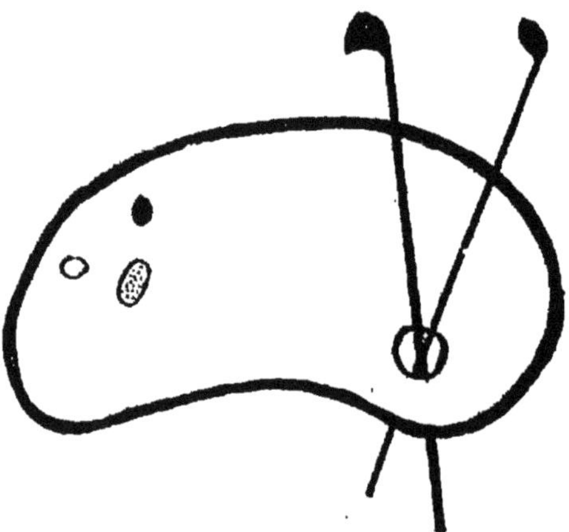

www.ingramcontent.com/pod-product-compliance
Ingram Content Group UK Ltd.
Pitfield, Milton Keynes, MK11 3LW, UK
UKHW020231200726
13856UKWH00004B/1703

9 782011 941459